# UNA GRIETA EN LA PARED

POR MARY ELIZABETH HAGGERTY

ILUSTRACIONES DE RUBÉN DE ANDA

TRADUCIDO POR TOMÁS GONZÁLEZ

Lee & Low Books Inc. • New York

Text copyright © 1993 by Mary Elizabeth Haggerty
Illustrations copyright © 1993 by Rubén De Anda
All rights reserved. No part of the contents of this book may be reproduced
by any means without the written permission of the publisher.
LEE & LOW BOOKS Inc., 228 East 45th Street, New York, NY 10017

Printed in Hong Kong by South China Printing Co. (1988) Ltd.

*Book Design by Tania Garcia*
*Book Production by Our House*

The text is set in 16 point Bembo
The illustrations are rendered in watercolor
10 9 8 7 6 5 4 3 2 1
First Edition

Library of Congress Cataloging-in-Publication Data
Haggerty, Mary Elizabeth,
[Crack in the wall. Spanish]
Una grieta en la pared / por Mary Elizabeth Haggerty; ilustraciones de Rubén De Anda; traducción de
Tomás González.—1. ed.
p.  cm.
ISBN 1-880000-09-1
[Unemployment—Fiction. 2. Mothers and sons—fiction. 3. Spanish language materials.]
I. De Anda, Rubén, ill. II. Title.
PZ73.H23 1993          93-38626
CIP  AC

*Para mis hijos y nietos,*
*presentes y futuros* —M.E.H

*Para mi esposa María, mi hijo Israel,*
*y Rosa, mi madre* —R.D.

La vieja puerta estaba atascada. Carlos la empujó y se abrió paso cargando una bolsa con víveres. Dos maletas se deslizaron entonces por la estrecha abertura, y tras ellas apareció su madre.

Carlos corrió a la ventana y subió las persianas desvencijadas. El polvo que se levantó de las tablillas le arrancó un gran estornudo.

—No te preocupes —dijo su madre, suspirando—. Pronto conseguiré otro trabajo, verás. No viviremos aquí por mucho tiempo.

Carlos, demasiado ocupado mirando hacia la calle, asintió rápidamente y sonrió.

Las sombras del atardecer debilitaron la luz del día. Exhaustos, Carlos y su madre decidieron acostarse temprano. Tendido en el colchón, él escuchaba el ligero ronquido de su madre. Se sentía protegido cuando Mamá roncaba, porque sabía que en ese momento no estaba preocupada, y si ella no lo estaba, él tampoco.

Carlos se había acomodado para dormir y empezaba a cerrar los ojos cuando las luces de un carro que pasaba por la calle iluminaron la pared. Se incorporó y gritó:

—¡Mamá, mamá!

—¿Qué pasa? —dijo ella, abrazándolo fuertemente—. ¿Qué pasa?

—¡Algo largo y oscuro se está deslizando por la pared! —dijo Carlos, horrorizado. Justo entonces pasó otro automóvil y alumbró de nuevo la habitación.

—¡Oh, Carlos! —dijo Mamá, aliviada—. Es sólo una grieta en la pared. No dejes que te asuste. Simplemente cierra los ojos y piensa en algo agradable. La escuela, por ejemplo. A ti te gusta la escuela, ¿verdad?

Pero el consejo de Mamá no daba resultado.

Carlos se cubrió la cabeza con la colcha y apretó los párpados con la esperanza de que la grieta desapareciera.

A la mañana siguiente Mamá se aseguró de que Carlos estuviera impecable.

—Aquí tienes la llave —le dijo, y se la colgó del cuello, atada a un cordón—. Regresa derecho a casa después de la escuela. Recuerda que debes empujar con fuerza la puerta, ponerle el seguro y no abrirle a nadie sino a mí. ¿De acuerdo?

—Sí, mamá.

Su madre le dio un beso.

—Ya verás —le dijo—. Muy pronto conseguiré otro trabajo y nos iremos a vivir a un sitio mejor.

Después de la escuela, Carlos hizo lo que le indicó su madre. Una vez en el apartamento, se sentó en el suelo a jugar a las canicas, pero la mirada se le iba hacia la grieta en la pared. Durante el día no asustaba tanto, parecía como la rama de un árbol. A su madre le gustaban los árboles. Lo llevaba al parque sólo para ver los árboles.

Y esa noche, cuando pasaron los automóviles, Carlos se imaginó que la grieta era un árbol muy verde y frondoso como los del parque.

Cuando Carlos regresó de la escuela al día
siguiente, cerró la puerta con seguro y sacó un creyón
verde de su bolsillo. Arrimó la mesa a la pared, se
subió en ella y empezó a dibujar.

Cuando terminó puso la mesa otra vez en su sitio
y admiró su árbol. Se dedicó entonces a jugar a las
canicas hasta que la mamá regresó a casa.

Pero Mamá estaba demasiado cansada para darse cuenta de lo que él había hecho. Carlos se sintió preocupado por su madre y por lo que le preocupaba a ella.

—¿Conseguiste trabajo hoy, mamá?

—Aún no, Carlos. Aún no.

Esa noche apenas pasaron carros y Carlos no pudo ver su árbol. Si él no podía ver el árbol en la oscuridad, tampoco Mamá podía; y ella casi nunca estaba en casa durante el día.

—Aquí está el dinero para la leche, Carlos —le dijo Mamá, a la mañana siguiente—. Que te vaya bien en la escuela.

—Seguro, mamá. Hoy haremos estrellas de Navidad.

—¿Estrellas de Navidad? ¿Ya vienen las Navidades? —preguntó ella con expresión preocupada.

Aquella tarde la puerta estaba más atascada que nunca y Carlos le dio un fuerte puntapié. Sacó un paquete de chicles de su bolsillo y extendió las barritas sobre la mesa. Les quitó la envoltura de papel y después la envoltura metálica, que alisó cuidadosamente.

Masticó un chicle con gran concentración. Cuando se le fue el sabor, lo colocó sobre la envoltura de papel y empezó a masticar otro, y otro, y otro, y otro hasta terminarlos todos.

Entonces Carlos hizo una estrella con cada envoltura metálica, tal como habían hecho aquel día en la escuela. Volteó las estrellas y puso un trozo de chicle en el dorso de cada una. Arrimó la mesa a la pared donde crecía su árbol y, de puntillas, pegó cada estrella en un lugar especial en los cielos.

Cuando Carlos se bajó de la mesa para contemplar
su trabajo, se sintió desilusionado. Las estrellas de
Navidad se veían como envolturas de chicle. Se subió
otra vez y empezó a quitarlas, pero el chicle,
adherido a la pared, formaba largas hebras pegajosas.
Carlos colocó de nuevo las estrellas en la pared.

Había querido hacerle un hermoso árbol a su
madre. Ahora, ¿qué iba a decir ella?

Pero Mamá no reparó en las estrellas y sólo dijo:

—¿Cómo te fue hoy en la escuela, Carlos?

—La pasamos bien. Hicimos estrellas de Navidad.

—Qué bien —dijo Mamá, bostezando, y entonces se tendió en la cama y se quedó dormida.

Carlos se sintió muy abatido. Había querido embellecer un poco aquel feo cuarto para alegrar a su madre y sólo había conseguido afearlo aún más. Y Mamá ni siquiera se había dado cuenta.

Miró la fea grieta en la pared. No es más que eso, pensó, una vieja y fea grieta en la pared. Se tendió junto a su madre y se quedó dormido.

—¡Carlos, despierta! —susurró Mamá, sacudiéndolo suavemente—. ¡Despierta!

Carlos se movió un poco, entreabrió los ojos, pesados por el sueño, y volvió a cerrarlos.

—¡Despierta, Carlos! —dijo de nuevo Mamá con voz maravillada—. Mira la pared. ¡Tenemos estrellas en la pared!

Aún soñoliento, Carlos se sentó en la cama y preguntó:

—¿Te gustan, Mamá? Las hice para ti. Son estrellas de Navidad.

—¡Oh, Carlos! ¡Son bellísimas!

La mamá se levantó y fue hasta el árbol. Entonces miró a Carlos y sonrió.

—Celebremos —dijo y, tomados de la mano, dieron vueltas y más vueltas bajo las estrellas brillantes.

Carlos y su madre bailaron hasta que los venció el
cansancio. Entonces se arroparon de nuevo en la
colcha a contemplar las estrellas, que titilaban en la
noche. Cuando Carlos oyó que su madre roncaba
suavemente, se dejó vencer por el sueño.